Bogumil Goltz

Das Kneipen und die Kneip-Genies

Antigonos

Bogumil Goltz

Das Kneipen und die Kneip-Genies

Unveränderter Nachdruck der Originalausgabe von 1866.

1. Auflage 2024 | ISBN: 978-3-38613-944-1

Antigonos Verlag ist ein Imprint der Outlook Verlagsgesellschaft mbH.

Verlag: Outlook Verlag GmbH, Zeilweg 44, 60439 Frankfurt, Deutschland   info@outlook-verlag.de
Vertretungsberechtigt: E. Roepke, Zeilweg 44, 60439 Frankfurt, Deutschland
Druck: Libri Plureos GmbH, Friedensallee 273, 22763 Hamburg, Deutschland

Das Kneipen

und die

Kneip-Genies.

———————

Das Kneipen

und die

Kneip-Genies.

Glossirt von

Bogumil Goltz.

Das Recht der Uebersetzung in fremde Sprachen ist vorbehalten.

Berlin, 1866.

Druck und Verlag von Otto Janke.

> „Die schlechteste Gesellschaft läßt Dich fühlen,
> daß Du ein Mensch mit Menschen bist." —
>
> (Göthe's Faust.)

Der den Frauen unerklärliche Reiz der „Kneipe" für einen Mann liegt nicht nur in dem Wechsel der Häuslichkeit und Gesell=schaft, oder in der Zerstreuung von Sorgen, sondern auch im „Geldausgeben."

Man fühlt sich dabei als eine mündige Person, täuscht sich und Andere wenigstens für ein Paar Stunden mit dem Scheine: dem gemeinen Mangel enthoben zu sein und etwas für sein Vergnügen oder für die Laune aufwenden zu dürfen.

Bei extraordinären Gelegenheiten rächt sich eben der in beschränkten Verhältnissen lebende Mann an dem Gelde, welches ihn so tyrannisirt, dadurch, daß er das schnöde Metall vergeudet, daß er es so zu sagen mit Füßen tritt. Nur der Lump wirft wenn er bei Casse ist, Geld mit vollen Händen fort: der reiche Mann fühlt diesen Kitzel nicht, weil er im Ueberfluß lebt. Von der „Geld=Dämonie“ sind die gebildeten und geldlüsternen Proletarier noch mehr als die Geldleute beherrscht. — So will es das Gesetz der natürlichen Reaction.

Ueber den Verkehr der Kneipgenies

unter einander sind der Vollständigkeit we=
gen noch einige Worte zu sagen.

Man improvisirt vor allen Dingen eine
Natürlichkeit und Gemüthlichkeit, die trotz
des Weinrausches: Geistesnüchternheit, Ge=
meinheit und Witzlosigkeit bleiben.

In der Kneipe werden geistreichen Falls
Zeitungs= und Journal=Lectüre überhört,
wird alter Anekdotenkram neu ausgekramt,
und zu Anfang das „Thu' Du mir nichts,
ich thue Dir auch nichts" assecurirt. Im
ersten Stadio der Heiterkeit werden zahme
und lobhudelnde Redensarten ausgespielt.
Man schmeichelt dem Pump gebenden Wirthe,
oder dem tractirenden Volksliebling fein und
plump, indem man ihm scheinbar die Wahr=

heit sagt und die Leviten zu lesen scheint. Weiterhin kommen die verhaltenen Offen= heiten und die stolzen Demuthen an den Tag; die Leute sind im Fluß und spru= deln ihre Eitelkeits = Miseren, ihre Kitzlig= keiten und Giftigkeiten aus, mit der Prä- tension, daß dies Genre für freundschaft= liche Aufrichtigkeit und für Mutterwitz ge- nommen werden soll.

Bei einer Kneiperei unter Kleinstädtern, Dekonomen und Probenreitern kraut und kratzt zu Anfang Einer den Andern, weil sich Alle gegenseitig nichts Gutes und nichts Nobles zutrauen, weil selten Jemand den Muth eines guten Gewissens, oder die be= hagliche freie Stimmung besitzt, welche aus dem allgemeinen Sicherheitsgefühl hervorgeht. Wie kann aber ein solches Gefühl da möglich sein, wo Jeder, gegen Jeden in geheimer Stichparade liegt, und wo es jeden=falls ein mauvais sujet mit dem Privilegium giebt, unverschämt zu sein. Um aber gleich=wohl alle Zweifel an einer etablirten Gemüth=lichkeit auf die eclatanteste Weise zu beseiti=gen, affectiren die forcirten Humoristen einen „Spitz,“ falls sie sich nicht schnell genug betrunken sehen. Das Genie ist also diesen Tonangebern über den Kopf gewachsen; sie ziehen demzufolge echauffirt die Röcke aus, stoßen mit ihren stillen Widersachern an, spie=len die natürlichsten Redensarten aus, ver=führen ein Gelächter, singen Burschenlieder, auch falls sie nur im Kramladen oder im Schafstall studirt haben, umarmen und gratuliren einander zu ihren Humoren, die sich so natürlich zu ihnen gefunden haben, bewundern im ersten Stadio diese ihre Natürlichkeit und Gemüthlichkeit, kriegen hinterdrein aber sehr ungemüthlichen Streit und schlagen sich, wenn die richtige Sorte beisammen ist, mit Bouteillen ganz natürliche Löcher in den Kopf, zum Andenken an die entstöpselte, natürliche Menschennatur! —

Nachstehende Bemerkungen mögen bei jungen Leuten die Begeisterung für gewisse Conversations=Talente abkühlen. Complaisant, geistreich und unterhaltend zugleich sind nur Lumpe. Die Leute, welche etwas Solides

sind und vor sich gebracht haben, die betitel=
ten und beamteten Personen, welche etwas
treiben und verstehen, finden eben darin, wie
in ihren Aemtern und Ehren die absolute
Satisfaction. Wer es der Mühe werth hält,
eine gemischte Gesellschaft, sogar in der Kneipe
mit seinem Witz zu amüsiren, wer mit Liebens=
würdigkeiten und Schmeicheleien hausirt, ist
ein Taugenichts, ein Habenichts, ein Winkel=
genie, das von der Eitelkeit überwuchert wird,
oder ein Candidat, der sich für irgend ein
Aemtchen Gönner erwerben will.

Nur ein Sinecurist, ein ganz junger
Mensch und ein geistvoller Tagedieb behalten
so viel Geistesüberschuß, daß sie davon in Knei=
pen und Gesellschaften Luxus treiben können.

Solide, beschäftigte, reife und zum Selbst=
gefühl gekommene Personen halten i h r Biß=
chen Lebenskraft und Zeit wohl zu Rath.

Es giebt auch noble und solide Menschen,
die sich von ihrem reichen Geiste und lebhaf=
ten Temperament zu überfließendem Humor
angetrieben fühlen; solche Charaktere gehören
aber heute zu den seltensten Erscheinungen,
kommen also für die Regel nicht in Betracht.

Die Masse der Menschen hat das wahre,
edle Selbstgefühl nicht; sie können es also
auch an Demjenigen nicht leiden, der es etwa
in Blick und Geberde, in körperlicher Hal=
tung und Lebensart besitzt. Wer sich mit
Würde bei solchen Gelegenheiten benimmt,
wo alle stillschweigend übereingekommen zu

sein scheinen, sich wie Narren oder dumme Jungen zu belustigen, zu lärmen und zu poculiren: der gilt für dünkelhaft, aristokratisch und stolz. Gemachter Stolz ist ein garstiges Ding, aber gänzlicher Mangel an Haltung und Würde verursacht edeln, selbstbewußten Personen Indignation. Sehr wenige Menschen besitzen eine Würde, sehr Wenigen kann sie daher anzumerken sein; — nachmachen läßt sie sich schwer, sie macht sich aber wie alles Beste und Schönste von selbst.

Einen vertraulichen Umgang, einen ungenirten Verkehr kann man nur mit Personen von Erziehung und Delicatesse haben. Die Ungenirtheit mit Naturalisten führt sehr bald zur ordinären Familiarität. Nur wer sich selbst

Rücksichten schuldet, widmet sie auch dem Nebenmenschen. Leute, die mit sich selbst keine Umstände machen, weil sie nichts zu repräsentiren haben, fühlen eine gemeine Genugthuung darin, gegen gebildete und noble Personen sans façons zu thun. Geht man nun gar auf dieses natürliche Genre ein, weil es im Verein mit einer gewissen Naivetät und Biederkeit, oder mit Herzlichkeit und Mutterwitz erscheint, so wird sehr bald das liebenswürdige Element verbraucht und Schnödigkeit allein zurückgeblieben sein.

Auch den wohlerzogenen Menschen überrumpelt zuweilen im tollen Humor ein nackter Ausdruck oder ein profaner Scherz; aber er recolligirt sich, er hat ein Maß, er weiß

wieder in die schickliche Lebensart einzulen=
ken und den faux pas ohne éclat zu redres=
siren, während der unerzogene Mensch sich
in dem schnöden Tone festsetzt, den Accent
auf die Gemeinheit legt, und wenn er sich rec=
tificirt sieht, entweder sein Stück mit Bru=
talität durchzusetzen sucht oder auf miserable
Weise zu Kreuze kriecht.

Leute von Erziehung und Naturalisten
stehen nur unter der Bedingung in einem ge=
nugthuenden Verkehr, wenn die Letzteren sich
den Ersteren untergeordnet fühlen, wie dies
zwischen Eltern und Kindern, zwischen Herrn
und Diener oder dem dörflichen Seelsorger
und seiner Gemeinde der Fall ist. Die Pietät
und die natürliche Scham ist es, welche das

Schisma zwischen Geist und Natur ausglei=
chen muß. Wo diese Vermittelung fehlt, fühlt
sich der Naturalismus zu dem Versuche ange=
stachelt: ob er nicht Superiorität über den
gebildeten und erzogenen Geist gewinnen kann;
welchen Experimenten der wohlerzogene Mensch
sehr gern aus dem Wege geht, wenn er ihnen
einmal beigewohnt hat.

So wie uns Leute bereits bei der ersten
Bekanntschaft auf die Schulter klopfen, strei=
cheln, ans Kinn greifen, küssen, brüderlich
unter die Arme fassen, uns mit „liebster
Freund," „altes Haus," „alter Herr," „trautste
Seele" tractiren; beßgleichen mit vertraulichen
Späßen und Anekdoten, oder mit säuischen
Redensarten regaliren, so ist es die höchste

Zeit, sich mit Geschick zurückzuziehen. Denn diese primitiven Naturalisten corrigiren, controliren sich nie, sondern steigern das ausgespielte Genre so lange, bis der von ihnen beabsichtigte Effect herauskommt, der in der Regel darin besteht: daß Einer dem Andern das Glas an den Kopf wirft; worauf dann schließlich die Versöhnung bei einer letzten Bowle gefeiert wird, welche den Gekränkten freilich nicht mehr Kraft und Bewußtsein übrig läßt, sich die Köpfe einzuschlagen. Beim Frühstück gratulirt man sich dann zum gestrigen vergnügten Spaß.

Die gemüthlichen Kerle und kreuzfidelen Kneip-Genies, diese Jedem bequemen Naturellmenschen, die sich bei jeder Gelegenheit gehen lassen, und auch Andere am liebsten im Négligé sehen: das sind eben die Leute, die sich's auch mit ihren Gläubigern und Verpflichtungen bequem machen; von ihnen erlangt man eben so schwer Arbeit als Geld, und falls sie Actenmenschen sind, keinen unverzögerten Termin oder Spruch; denn sie pflegen der gemüthlichen Ansicht zu sein: daß „Acten nicht weglaufen, sintemal sie keine Hasen sind;" und daß ein gemüthlicher Supplicant das Warten gewohnt zu sein pflegt.

Man muß aber mit diesen kneipfibelen und trinkgemüthlichen Volkslieblingen in Geld- und Halssachen, man muß mit ihnen als Kneipwirth und Client zu thun gehabt haben, auf ihre Gewissenhaftigkeit und Treue, ihren Fleiß

und Schweiß, auf ihre Vorsorge und Prä-
cision, auf ihre Umsicht und Urtheilskraft
angewiesen sein und Wechsel gezogen haben,
um bald zu erfahren: daß die aller Welt bequemen Leute im Ernste des Lebens die un-
bequemsten und sorglosesten, die gewissen-
losesten Jammerwichte sind; daß eine Gemüthlichkeit, die allein auf das Temperament
gebaut und nicht von dem vernünftigen Geiste
über Wasser gehalten ist, in jedem Verhältnisse so wetterwendig erscheint, als die Sinn-
lichkeit, welche dieser Werktagsgemüthlichkeit
zum Grunde liegt. — „Aus dem Kneipbruder
wird ein Philister," das ist der Rückschlag
und das Ende vom Liede.

Leute, die etwas gelten und leisten,

halten nicht erst Jemand im Wirthshause frei! — Bei Kneipgelegenheiten kann man eine Regel festhalten, von der es wenig Ausnahmen giebt. Wer im trunkenen Muthe Tact, Witz und Liebenswürdigkeit ganz und gar verliert, dem sind diese Elemente eben nur von außen zugebildet. Der Mensch, welcher aus der Seele heraus fein, friedfertig, nobel, mäßig, geschmackvoll und ein Cavalier ist, der bleibt es in allen wesentlichen Formen auch im trunkenen Sinn.

Leute, die einen bösen und gemeinen Rausch haben, sind mit wenigen Ausnahmen auch bei nüchternem Muthe im innersten Kern böse oder gemein. Ein angetrunkener Cavalier wird nimmermehr ein Bauerknecht, ein grund=

gescheiter Mensch im trunkenen Muthe kein Dummkopf, ein berauschtes, ehrbares Mäd=chen durch den Rausch keine Dirne sein. Der Trunk steigert die guten und schlimmen Eigen=schaften, die Lustigkeit und die Melancholie; er kehrt die wahre Natur heraus, also auch das Ceremoniell, wenn es dem Menschen angeboren und eingefleischt ist. Der Berauschte hält nicht mehr Maß, aber er wird im Grunde kein Anderer, als er in Wahrheit und Wirk=lichkeit ist. „Der Mensch in seinem dunkeln Drang ist sich des Rechten noch bewußt," und der Berauschte auch, falls er sich im nüch=ternen Zustande nobel und gebildet giebt.

Was die Vorsicht im geselligen Verkehr betrifft, so scheint es freilich am besten, solche

Gesellschaften zu meiden, in welchen eine
besondere Behutsamkeit nothwendig wird. Es
giebt aber in den gebildetsten Kreisen Hän=
belmacher und empfindliche oder schiefrige
Personnagen, die den Mangel an Witz und
Humor mit Frechheit und Grobheit zu ersetzen
verstehen. Wenn's die richtige Sorte ist,
kommt man ihnen nicht durch Liebenswürdig=
keit bei; denn sie haben ein so historisches
Bewußtsein von ihrer eigenen Unliebenswür=
bigkeit, daß sie ein gewinnendes Entgegen=
kommen für eine Satyre ansehen.

Fragt man nach den äußeren Kennzeichen
dieser garstigen Sorte, welche eine Virtuosität
besitzt, die harmlosesten Bemerkungen zu miß=
deuten und auf sich zu beziehen, so könnte

man sagen, daß sie von schmächtiger Figur, von hastigen Bewegungen ist, daß sie durch rollende Augen und stechende Blicke gekenn= zeichnet wird, daß sie oft die Lippen zusam= menkneift, die Augenbrauen in die Höhe zieht und von einem Roth überflogen wird, wäh= rend die Stirnader anschwillt u. s. w. Das ist aber nur ein traditionelles Signalement, von Schauspielern und aus Novellen entlehnt. Die cholerischen und sanguinischen Indivi= duen sind freilich mehr zu fürchten, als die Phlegmatiker; und die kleinen Leute hat man treffend mit kleinen, am Feuer rasch über= laufenden Töpfchen verglichen; es giebt aber so viele Grobiane und Hitzköpfe von kolossaler Natur, ohne rollende Augen und sogar mit

behaglichem Angesicht, daß die vornehmste
Regel darin bestehen möchte, den sanft und
gemüthlich erscheinenden Personen
nicht so weit zu trauen, daß man sich mit
ihnen Neckereien erlaubt, denn die auswen=
dige Liebenswürdigkeit zeigt dann eine Reac=
tion auf unsere Kosten. — Sicher ist man nur
mit gebildeten Personen, die zugleich etwas
bedeuten und auf sich halten, also durch Höf=
lichkeit dafür sorgen, daß ihnen keine Unge=
bühr widerfährt.

Daß es Narren, Schufte und Dumm=
köpfe giebt, möchte zu ertragen sein, daß sie
aber Schutzredner und Jünger haben, daß
sie Propaganda machen, sobald sie eine Ab=
surdität in der gangbaren Form colportiren,

daß Leute, die wir für sehr gescheit hielten, sich von den miserabelsten Subjecten imponiren lassen, sobald diese mit Repliken= Witz und mit einer solchen Routine auf= treten, die ihnen nur die nichtswürdigste Praxis und Schamlosigkeit gegeben haben kön= nen; das ist um so mehr niederschlagend, als die deutsche Bescheidenheit hier in eine deutsche Niederträchtigkeit verkehrt wird.

In Deutschland hat das kleinste Dorf oder Städtchen einen Rechthaber, Grobian und Renommisten, der sich bei allen Gele= genheiten als Haupthahn geltend machen darf, ohne andere Requisiten und Verdienste, als seine Effronterie. — Die Meisten mögen ihn nicht, ja sie hassen, verachten und schimpfen

ihn insgeheim; Niemand aber tritt der un=
bequemen und nichtswürdigen Personnage
nachdrücklich entgegen, sondern läßt sich lieber
von ihr schnöde begegnen und revanchirt sich
mit der Schadenfreude, wenn Anderen
ebenso mitgespielt wird. Die gewöhnlichen
Leute sind bis zum heutigen Tage nicht in
ihrem Esse, wenn sie nicht einen Narren
haben, den sie hänseln können oder einen
frechen Patron, der Alle tyrannisirt und pro=
fan tractirt. — Man kann sich das nicht
anders erklären als so, daß die Pietät, die im
deutschen Gemüthe nicht mit der letzten Wurzel
auszurotten ist, eine Reaction producirt. —
Die Deutschen sind es, welche Heiligung und
Entweihung zugleich lieben, welche ihre gro=

ßen Männer als Idole anbeten und zugleich mit Koth bewerfen, also auch den Tyrannen und Hanswürsten der Conversation in einem Athem zugethan sind.

Selbst den Gebildeten gebricht heute der natürliche Respect nicht nur vor ausgezeichne= ten Geistern, sondern vor ehrwürdigem Alter und der väterlichen Autorität. Mit dem Ver= ruf der Autoritäten ist auch die Pietät ein überwundener Standpunkt geworden. Man dankt Gott, daß man für die unbequemen Rücksichten, welche man sonst bestimmten Personen widmen mußte, eine Menge von Ideen eingehandelt hat, welche man bei einer Cigarre aus dem ersten besten Journal zu= sammenlesen kann.

Sei Du heute Schiller, Göthe, Shake=
speare, oder sei Humboldt, Newton, Plato
und Aristoteles in einer Person; habe Du die
Welt umsegelt, oder eine neue entdeckt: so
widerspricht Dir doch der erste beste Lump
auf die unverschämteste Weise.

Vor Zeiten konnte sich ein alter Mann
auch unter jungen Leuten mit einem gewif=
sen Humor und jedenfalls mit natürlicher
Unbefangenheit bewegen, ohne etwas für seine
Autorität und den schulbigen Respect zu ris=
quiren; heute kommt es sehr leicht vor, daß ein
junger Mann einen alten ehrwürdigen Herrn
ganz derb auf die Schulter klopft, falls der=
selbe von seinen Studentenstreichen mit
lebhafteren Farben und Gesticulationen er=

zählt, als eben die Salon-Convenienz erlaubt.

Als ich jung war, nahm ich die unge-
nirte und humoristische Redseligkeit alter
Herren für eine ehrende Herablassung; heute
aber hält man auch einen genialen und ehren-
festen Humoristen für einen närrischen Kauz,
mit dem man keine sonderlichen Façons zu
machen braucht.

Es macht auf den älteren Menschen einen
tragischen Eindruck, wenn eine moderne Gesellschaft sich Anekdoten erzählt. Diese Geschichten standen unsern Vätern gut zu Ge-
sichte, sie wurden von ihnen erlebt oder
erfunden, sie waren der natürliche Ausdruck
ihres Humors, paßten zu ihrer Lebensart und

naiven Persönlichkeit. Was soll aber in un=
sern kritisch=blasirten und stockvernünftigen
Zeiten eine kleine Novelette, die das Aben=
teuer einer curiosen Person, ihren Witz oder
ihre Narrheit harmlos anschaulich macht?

Wollen oder dürfen denn die gebildeten
Leute noch lustig, mutterwitzig, naiv und selbst=
vergessen sein? Sind sie denn dazu noch natür=
lich und im Untergrunde ruhig und sicher
genug? Muß man nicht ein naives Gewissen
und eine Heimath haben, um auch nur einen
einzigen Augenblick von Herzen spaßig
oder ausgelassen zu sein; und braucht man zu
dieser natürlichen Fröhlichkeit, deren Früchte
und Blätter die Anekdoten und Scherzreden,
deren Blüthen die Gesänge sind, nicht den

Untergrund der Geschichte, den liebe=
vollen Zusammenhang mit der Väter
Sitte, mit der Väter Glauben und
Aberglauben; braucht man zum fröhlichen
Herzen nicht den alten Gott? —

Es ist auch ein Capitel vom Tacte, daß
man allemal weiß, was auf die viva vox
angewiesen ist, und was auf den schriftlichen
Stil, daß man sogleich herausfühlt, ob man
mit seiner Persönlichkeit für ein Debut paßt,
oder nicht. Oft widerspricht schon die ganze
Summe von Vorstellungen, welche die Er=
scheinung einer Person erweckt, dem Element
einer Anekdote so ganz und gar, daß selbst
ein guter Vortrag ohne Erfolg bleiben muß.
So dürfen frivole Anekdoten bei Leibe

von keinem Pastor oder Mädchenlehrer —
piquante Witzrepliken von keinem steifleinenen,
überall verblüfften Dummkopf — Kriegsthaten
von keiner Dame — Don Juan = Abenteuer
von keiner verkrüppelten oder pedantischen
Personnage erzählt werden: Humor kleidet keine
alte Jungfer, Juden = Anekdoten keinen getauf=
ten Juden, Heroica und Duell = Abenteuer
keinen weggelaufenen Hundsfott; aber ebenso
wenig soll sich ein schnauzbärtiger Rittmeister
auf gelehrte Anekdoten oder Spitzfindigkeiten
einlassen, auch wenn er vielleicht Musensohn
gewesen ist.

Wo einmal ein herrschendes Vorurtheil
gegen Stand und Verhältnisse obwaltet, da
wird es kaum durch die edle Genialität und

Tüchtigkeit der vortragenden Person wider=
legt: die Anekdote muß also nach den Gesetzen
des Witzes wie des Herkommens zu unserem
Bereich und Nießbrauch gehören.

Junge Gelehrte haben meist die unaus=
stehliche Manier, daß sie die geringfügigsten
Dinge auf dem Kothurn und mit schulgerech=
ter Stilisation in Angriff nehmen.

Emphase, Pedanterie und Förmlichkeit
paralysiren aber jeden Witz und Humor. In
einer Gesellschaft, wo Anekdoten mit allem
lebendigen Zubehör plastisch=mimisch vorgetra=
gen werden, darf man kein Anekdotenbuch
hervorziehen und statt mit eignem Witz zu
zahlen, gut oder schlecht vorlesen wollen,
denn die Persönlichkeit dessen, der eine Ge=

schichte vorträgt, giebt dieser erst Fleisch und Blut.

Natur allein ist freilich nicht zu allen Dingen gut, aber liebenswerther Humor wächst nur auf dem Boden einer gebildeten Natur. Soll die durch Schule und Convenienz ver=schnittene Natur wieder in ihre elementaren Rechte eingesetzt, vom Spalier erlöst oder aus dem Treibhause in's Freie gebracht werden, so geschieht es nur durch Herz und Geist (die beiden Exponenten des Humors). — Der Herzens=Routine pflegt auch der Mutterwitz beigesellt zu sein; denn unter Herz haben wir die concentrirte, auf die Wirklichkeit angewandte Seele, wie unter Witz den con=centrirten und prakticirenden Geist zu verstehen.

Es ist eine hübsche Gabe, ergötzliche Anekboten gut erzählen und kleine piquante Geschichten mit künstlerischem Effect darstellen zu können; wenn aber der Virtuose ein ungewöhnlicher Mensch ist, so erlebt er wie jeder ordinäre Erzähler die Demüthigung: daß er überall als Komiker debutiren soll, und daß Niemand nach seinen andern Tugenden sonderlich fragt.

Das Vorrecht, Anekboten zu erzählen, erwirbt nur der, welcher sich bereits durch andere Talente und Leistungen als gebildeter Mann legitimirt hat. Wer aber mit Anekboten allein den interessanten Gesellschafter herausbeißen will, dem wird dies nur in sehr inferioren Kreisen gut gethan.

Der geistreichste, der amusanteste Mensch muß eben dann, wenn Jedermann von ihm entzückt scheint, aufhören, bevor die Mißtöne kommen und die Abspannung erfolgt. Nichts ist tactloser, als doppelten Abschied nehmen; die Begeisterung eines Publicums darf man nicht wieder aufwärmen wollen, wenn die Reaction bereits eingetreten ist. Am mißlich=sten ist die Rückkehr an einen kleinen Ort, in welchem man Freunde zu haben oder den Leuten nothwendig und interessant zu sein glaubt. Binnen Jahr und Tag erschei=nen andere Genies auf dem Platze, werden, heute zumal, andere Ideen, Bedürfnisse, Phi=losopheme und Amusements in Scene gesetzt.

Die Leute treiben auf der Welle, sind

ihrem eigenen Herzen ungetreu, vergessen ihre Kindheit, ihre Jugendliebe, ihr Elternhaus; wie sollten sie nun Lust haben, eine „Kneip= brüderschaft" oder einen Hausverkehr aufzuwärmen? Sie sind Andere geworden und doch dieselben Profitmacher oder pfiffigen Dummköpfe, dieselben Zwitter von Phlegma und Jähzorn, von Trivialität und politischem Idealismus, von Pedanterie und Gewissen= losigkeit, von Bildungs = Ambitionen und Gemeinheiten geblieben. Sie lieben Varia= tionen, aber auf ihr eigenes Thema, d. h. auf Profit und Amusement, auf Schaden= freude und Spott hin.

———

Gemüthlichkeit.

Mit der bei Kleinstädtern so beliebten
und regelmäßig etablirten „Gemüthlich=
keit" ist es dieselbe garstige Schwächlich=
keit, Lüge und eingeschläferte Brutalität,
wie mit der Heiterkeits = Affectation. Die
echte Gemüthlichkeit muß das kleine
Ausgabegeld des soliden, tiefen Men=
schengemüths sein; — da aber all diese
Prakticanten und Fabricanten nichts weni=
ger besitzen, als die goldenen Barren und

Bergwerke des Gemüths, so muß auch ihre kleine Münze auf einer Falschmünzerei be= ruhen. Man rückt an Bierabenden zusammen, man klopft sich auf die Schultern, man stößt mit den Gläsern an, man spielt Lieblingsparolen und schlechte Witze aus und erzählt sich bei der guten Gelegenheit infame Geschichten von denselben Leuten, mit denen man am gestrigen Abende oder vor einer Stunde im Nebenzimmer jene kreuz= fidelen und gemüthlichen Begegnungen ge= habt hat.

Zuletzt, wenn die üblche Portion von Gemeinheiten abgestoßen ist und sich solcher= gestalt Jedermann erleichtert fühlt, wird ein unschuldiges Kartenspiel, „ein freund=

schaftliches Raubgesellschaftchen" ar-
rangirt, und die Plünderer tragen dann
diejenige klingende Gemüthlichkeit nach Hause
fort, welche der ausgeplünderte Theil in
seinen Taschen vermißt. Wer sich aber ohne
ein Spielchen von dem gemüthlichen Fun-
damente der Bierhäuser überzeugt halten
soll, der muß zu einem Wortstreite mit diesen
Gemüthsmenschen gekommen sein, und er
wird erfahren, aus wie viel Procenten Grobheit und Bierhefe die kerndeutsche Wirths-
hausgemüthlichkeit besteht. — Und wohl uns,
wenn der Widersacher seinen Wurm ganz
heruntergehaspelt hat, denn der Ueberrest
wächst wie ein Bandwurm, von dem der
Kopf zurückgeblieben ist. Die deutsche Ge-

müthlichkeit gehört zu den Wiederkäuern, sie repetirt die kleinsten Inconvenienzen, sie vergiebt und vergißt nichts. Wer dies in Abrede stellt, muß seine Schreibestube zusammt seinen poetischen Phantasiestücken quittiren und einen Bauerhof acquiriren, oder er darf nur einem Gelehrten mit einer überlegenen Kritik in die Quere gekommen sein.

Die Lustigkeit und die Leute.

„Freude an allen Dingen ist das
Realste vom Leben und was wieder Reali-
täten erzeugt."   (Göthe.)

Es giebt kein peinlicheres Thema, als
das von der Lustigkeit der Naturalisten,
von der Heiterkeit der Gebildeten und
von den Humoren, welche Alle mitein-
ander aus starken Getränken beziehen.

Jeder Mensch kennt aus gewissen
Epochen und Stunden seines Lebens den
natürlichen Frohsinn, welchen die Gesundheit,

die Jugend und Sorglosigkeit produciren. —
Er ist der Blüthenduft des Lebens, das hei-
lige Kennzeichen der Unschuld und Naivetät. Auch in reiferen und schuldbewußten
Jahren kommen Tage und Stunden, in denen uns die Schönheit der Welt auf's
Gewissen fällt. Von physischer Gesundheit, von Nervenkraft berauscht,
freuen wir uns, daß wir erschaffen sind;
und diese Existenzfreuden. kehren sich
an kein schlechtes Wetter, an keine Sorge
oder Arbeit und Pflicht. Wem die Lebens-
lust vom Herzen zum Gehirne quillt: der
sieht Fatalitäten und Verdrießlichkeiten für
lustige Abenteuer an; der macht bei
Schmerzen und Wunden auf dem Schlacht-

felbe oder Krankenbette seine Lieblingsspäße, der begreift mit dem Ueberschuß von Le= benskraft und Lust kein Weltübel, keine Lang= weiligkeit und keine Melancholie.

Man kann als Soldat in solchem Ge= sundheitsgefühl dem Tode singend entgegen= gehen und fröhlich die Seele verhauchen!

Wer die Wunderökonomie des Lebens nicht in Erfahrung gebracht hat, der ist frei= lich um die Poesie des Lebens geprellt; der weiß nichts von den schönsten Mysterien der Natur. Aber eben diese Thatsache von der naturheiligen Freude, die jeder Mensch aus den Tagen der Kindheit, der Jugendliebe, aus den Zeiten der Gesund= heit, des Heimathfriedens, des guten Ge=

wissens, der ehrlichen Arbeit und mäßigen Sorge kennt, — sie ist es ja, durch die dem wahrheitsliebenden Menschen die gemeine Lustigkeit so widernatürlich und trostlos gemacht wird!

Schon die Kinder führen uns den Beweis, daß die lärmende Lustigkeit eben gewaltsam gemacht wird, wenn die natürliche Freude nicht vorhanden ist. Kinder langweilen sich nicht selten und zwingen sich dann zu einem Gelächter und zu einer Spectakelwirthschaft, in der wir das Spiegelbild vieler sogenannten Volksfeste und Weltvergnügen sehen. Es sind Machwerkigkeiten, Langweiligkeiten, herausgekitzelte Lustigkeiten, an welche die Gescheitesten oft dann noch nicht glauben, wenn sie bereits von Getränken und Aufregungen reell betrunken ge= macht sind.

Eines nur ist wahr an allen diesen naturalistischen Belustigungen, nämlich das Bedürfniß: dem natürlichen Menschen Luft gemacht zu sehen; und die Schadenfreude: wenn die Wohlanständig= keit über Bord geworfen, das Thier im Menschen ausfindig gemacht, die Cul= tur blamirt und die Polizei geprellt wird; wie z. B. in den Fällen geschieht, wo die lieben Naturalisten sich ihre persönlichsten Meinungen in's Gesicht gespien, sich die obligaten Ohrfeigen gegeben und die Bou= teillen=Argumente demonstrirt haben, ohne auf die Hauptwache gebracht worden zu sein. —

Daß die gründlichste Genugthuung und der Impuls zu allen Volksvergnügungen in der Entfesselung des Naturmenschen und der bestialen Elemente besteht, lehren die Bacchanalien und Saturnalien bis zu den Carnevals-Affectationen der neusten Zeit; und daß Studenten-Commerse, wenn sie ohne Affectation vor sich gehen, in der Grund-Couleur den Intentionen und Resultaten auf Gesellenherbergen viel ähnlicher als „Hauff's Phantasien im Bremer Rathskeller" ähnlich sehen: weiß Jeder, der mit einem Gewissen von wahrer Freude und vom nobeln Geschmack Student gewesen ist. Es giebt in allen Schichten, also auch unter den Musen=Söhnen, edle Naturen, aber nie in Masse, sondern mit ordinären Sub= jecten vermengt. Die Anständigen finden sich gar zu selten zusammen, so wird denn im bunten Haufen: der ordinären Lustigkeit das Handgeld gegeben und gezecht! Am Anfange erscheinen die moussirenden Geister, ist's mit Phantasterei und ideal gehal= tener Natürlichkeit abgethan; die ignobeln Naturen sehen sich von den nobeln Leuten controlirt; aber wie man eine Hand um= dreht, werden die Hefen nach oben gerührt und mit ihnen die dämonischen Geister citirt. Die routinirten Säufer und Lustigmacher stecken die Fahne aus, die Masse ist mit ihnen; die edle Fröhlichkeit muß über die Klinge springen und die Bestialität behält das Feld.

Schon als Student konnte ich nicht begreifen, worin die Freude bestehen soll zu sehen: wie die tiefen Menschen nicht ohne Melancholie, die Naturalisten aber nicht ohne forcirten Spectakel und ohne Gemeinheiten in ihrem Esse sind; wie die Gebildeten keine Naturellspäße und die Ungebildeten keine delicaten Späße verstehen; wie die eximirten Heiterkeiten von jeder Natur, von jedem Mutterwitz, die Volkslustigkeiten aber von jedem Maß und nobeln Geiste, von jeder Form lospräparirt sind. Ja, es ist ein großes Vergnügen: entweder in bunter

Reihe zwischen anstandsbeflissenen Damen, gerbestoffhaltige Rothweine zu nippen, und dazu aus Notenbüchern zahm gedichtete und kühl componirte Lieder zu singen, oder mit gefälligen Frauenzimmern beim Rum-Punsch Burschenlieder zu brüllen und am Morgen gähnend im moralischen Katzenjammer zu sagen: „Es war recht fidel!"

„Fidele Heiterkeit" heißt die Parole der Naturalisten, wenn's auch gedachte und forcirte Heiterkeit ist; Oberfläche, auf Dir schwimme ich, Dir leb' ich und Dir sterb' ich! Was soll mir das Untersuchen zur Tiefe, wo mich zehnmal ein Meerunge= heuer verschlingen kann, bevor ich eine ein= zige Perlmuschel heraufhole. Also: „Immer

hübsch munterchen, hübsch kreuz=
fidel!"

Wenn die Mysterien mir auf die
Kneipe rücken, wenn sie die Tropfen ihres
schleichenden Giftes in meinen Lebenswein
tröpfeln, ist's Zeit genug, von ihnen Notiz
zu nehmen, früher aber schämt und grämt
sich nur ein Narr um Geschichten, in die
er ohne sein Gebet verwickelt wird: Das
ist so die Philosophie der Bonvivants und
seichten Heiterlinge in der Nuß.

„Ohne Wein, Weiber und Ge=
sang bleibt man ein Narr sein Leben
lang" hat unglücklicherweise Luther gesagt;
von seinen Mysterien und Kämpfen haben
diese muntern, hoffnungsgrünen Zeisige oder

bunten Stieglitze nichts geerbt und behalten, aber jener naturalistische Trink-
spruch ist hier: „Mene, mene, tekel, uphar-
zin", das nach ihrer Meinung nur eine
lallende Zunge richtig spricht, und eine vom
Wein zitternde Hand an die Gasthaus-
wand schreiben darf. Wenn nun die Leute
jung sind, läßt man sich diese Lustigkeits-
Philosophie gefallen, denn die Sinnlich-
keit ist einmal das Medium, durch welches
ihnen allenfalls Poesie und Geist zufließen
darf; aber ein Lustigmacher, ein Suitier
mit grauen Haaren und allen andern
Mahnungen, ein Patron, der seine Ge-
wissensbisse mit schlechten Witzen und solchen
Ausschweifungen übertäubt, zu denen ihm

bereits die körperliche Kraft gebricht: ist
ein heilloses, Ekel erregendes Phantom;
und doch zeigt uns jede lustige Gesellschaft diese alten Sünder, deren Humor
kahler als ihr Schädel ist.

Misch - Gesellschaft.

Die Leute pflegen sich, der Mode zu Liebe, gewisse Illusionen zu machen. Zuletzt bleiben aber doch Natur und gesunder Menschenverstand im Recht. Die jetzt im Schwange gehenden Tendenzen haben das Kneipen der Gebildeten mit Blousenmännern aufgebracht. Doctoren, Assessoren und junge Künstler enfilirten sich im Jahre 1848 mit Handwerks=Gesellen und Wirthshaus=Talen=
ten Du auf Du; es war aber eine Gri=

maſſe, eine forcirte Geſchichte und mußte eine ſolche ſein. Bildung, Erziehung und Lebens = Gewohnheit werden zur andern Natur. Der Gebildete kann nicht aus der gebildeten Haut fahren, und der Ungebil= dete bleibt ebenfalls, wie er in Wirklichkeit iſt; oder er wird mit probirten Façons wi= derwärtiger, als in ſeiner Naivetät. Der Gebildete kann auf die Dauer nur den Ge= bildeten zum vertraulichen Umgange brauchen. Jeder entnimmt naturnothwendig Ideal und Maßſtab von ſeiner Race und Corporation, von ſeiner Bildungsſtufe, ſeiner Umgebung und Perſönlichkeit. Somit kann man gewiß ſein, daß Jeder nur Seinesgleichen auf= richtig zu lieben und zu ſchätzen vermag, daß die Ausnahmen dieses Naturgesetzes die Regel nicht umstoßen, daß Misch-Gesell-schaften bestenfalls nur ein nothwendiges Uebel und eine vorübergehende Zeit-Episode in der Culturgeschichte sind.

Das wortlose Beisammensein mit einem gebildeten und gescheiten Menschen ist un-endlich genugthuender, als der Disput mit halbgebildeten Leuten, oder eine sogenannte Volksfestlichkeit und Volksfreiheit, die ent-weder auf eine anstandsbeflissene Thierquä-lerei und schale Komödie, oder auf eine schließliche Bestialität mit besoffenen Gemüth-lichkeiten und Prügel-Ritterlichkeiten her-auskommt. Lobe sich dergleichen, wer den Pöbel nicht kennt.

Aus der Entfernung mag das gut er=
scheinen, wer aber mit den sogenannten
Naturmenschen in nächster Nähe Jahre lang
zu thun gehabt hat, den afficirt schon ihre
Stimme, Physiognomie, ihre Transpiration,
geschweige die ihnen eigene barbarisch form=
lose, oder die halb wilde und halb dressirte
Lebensart. Eine Zeit lang kann der Contrast
und die Neuheit solcher Misch=Gesellschaften
allen Theilen Spaß machen, auf die Dauer
wird aber der Gebildete nothwendig eine
Ueberlegenheit geltend machen, die der Na=
turalist unbequem finden, also zurückweisen
muß. — Angenommen, daß die Inconve=
nienzen durch die deutsche Lern= und
Lehrer=Natur eine Zeit lang ausgeglichen

werden könnten, so wäre das Verhältniß eben kein solches, wie es der Mensch in einer Kneipe sucht, in welcher er eben nicht an pädagogische, also auch nicht an specielle Respects=Verhältnisse gemahnt sein will.

Eine Kneiperei, ein Vergnügen, eine Conversation, ein freier Verkehr mit Respects= Personen, Lehrern und überlegenen Leuten ist kein Vergnügen und keine Freiheit mehr.

Romantik, Freiheit und Paradies empfindet der wohlorganisirte und gebildete Mensch nur im ebenbürtigen und ungenirten Verkehr mit Seinesgleichen. Jede Erinnerung an den Unterschied der Stände, der Bildungsstufen und Glücksgüter — jede Verpflichtung zu besonderer Pietät und Gêne,

jebe Ungleichheit der Perſonen und der ge=
ſellſchaftlichen Formen, jeder Schein einer
Grimaſſe oder Gönnerſchaft — die bloße Mög=
lichkeit, daß dem einen Theil eine Schütz=
lingsrolle, dem andern eine Herablaſſung
zugetheilt iſt, die ihn noch obenein ennuyirt,
— iſt Fatalität!

All' dieſe nothwendigen Unverträglich=
keiten einer gemiſchten Geſellſchaft ſchärfen
ja eben die Ungleichheit ein, die man
vergeſſen und planiren will; ſie machen die volle
Behaglichkeit, die freie Gemüthsſtimmung,
die Harmonie, die Freude zur Unmöglichkeit,
und ziehen eben darum Heuchelei, Grimaſſe
und Unnatur mit allen Folgen groß; denn
die Ausnüchterungen von dem erzwungenen

Rausche bleiben nicht aus. Die menschliche-Natur läßt das Gesetz der Reaction auch darin erkennen: daß sie sich für jeden wi=dernatürlichen Zwang durch Frechheit, Haß und Brutalität zu rächen pflegt. Alle können nicht Alles verdauen.

Man muß nur die feinen Leute hören, wie grob und giftig sie sich z. B. über Diejenigen auszulassen pflegen, von denen ihre Feinheit und vermeintliche Ueberlegenheit ignorirt oder verhöhnt worden ist. So lange der Jude, der Professionist, der Blousenmann, der Techniker, der Oekonom, der Subaltern=Beamte dem Herrn Baron, Professor, Re=gierungsrath oder Obersten mit dem Grade von Respect aufwartet, durch welche diese

Herren das Verhältniß von Gönnern und Schützlingen, von Gelehrten und Laien, von Honoratioren und Volk festgestellt sehen, so lange gefallen sie sich in der Rolle des populären Mannes; wenn aber der Mutterwitz, die Dreistigkeit oder die natürliche Ungenirtheit den Witz gegen die kleinen Erdengötter spielen lassen; wenn vielleicht so ein Gelittener eine Tact= und Geschmacklosigkeit, oder eine Schnödigkeit verschuldet, so finden die Gebildeten, die distinguirten Personen nicht Worte genug für ihre Indignation; so wird dem armen Sünder sein Stand, sein Rang, seine niedere Bildungsstufe, seine Toilette und Profession, seine subalterne Stellung und Unwissenheit, sein Laienthum und seine

Unbedeutendheit mit den gemeinsten Redens=
arten zum Brandmal gemacht; die Worte:
Bauer, Handwerker, Krämer, Schreiber oder
Virtuos, Literat, Jude, Roturier, Genie:
werden dann zu lauter Schimpfworten
gemacht.

Das sind freilich die Hochmüthigkeiten
in dem probirten Misch-Verkehr; aber
selbst in ihnen liegt ein Kern von Wahr=
heit und Recht; denn es ist etwas Reelles
nicht nur um die Ueberlegenheit des Ideal=
Sinnes oder einer echten Erudition
über den naturalistischen Mutterwitz und seine
ignoblen Praktiken; sondern Besitz und Macht,
Rang und Weltstellung oder noble Erinne=
rung, Verbindung und verfeinerte Lebens=

arten dürfen im civilisirten Leben als we=
sentliche Vortheile gelten, so lange sie nicht
mit Uebermuth geltend gemacht werden.

„Dafür können und nicht dafür
können," ändert das Malheur oder
den despectirlichen Casus keineswegs!
Ein armer, zertretener Bankert, ein Vagabund
und Zigeuner, der es von Kindesbeinen an
sein mußte: die können nichts dafür, wenn sie
listige, nur gelegentlich gutartige, wenn
sie gewissenlose, gemeine Prakticanten, Gele=
genheitsmacher, Hehler oder Diebe geworden
sind, aber deßhalb bleiben sie doch, was sie sind.

Kein hochgestellter und wahrhaft human
gebildeter Mensch wird in unwissenden und
gemeinen Leuten die Würde des Menschen

verkennen; aber er würdigt die feine Sitte, die Wiffenschaft, die Kunst, das Ideal, den Glauben an die Ueberlegenheit der Bildung über den rohen Naturalismus herab, — er verleugnet feine Biographie und Erziehung, den Genius, die gebildete Seele in feiner Bruft, — wenn er einer gegebenen Parole und Affectation zu Liebe, wenn er aus Furcht vor der Thrannei, welche die öffentliche Meinung (mit oder ohne Grund) ausüben darf, fich allerlei gemeinen, ungebildeten, ungeprüften Leuten gleich zu ftellen und mit ihnen zu fraternifiren verfucht! Dergleichen bleibt, fo wie fo, eine Schaufpielerei und Abfurbität, bei der Alle verlieren und Keiner gewinnt.